Der Fremdarbeiter

© 2013 by Beate Mockenhaupt
Herstellung und Verlag:
BoD - Books on Demand, Norderstedt
ISBN 978-3-7322-8775-8

Blanka Weller

Der Fremdarbeiter

*Eine Erzählung
aus dem
Bergischen Land*

Meinem Bruder Winfried

17. 7. 1962 – 26. 4. 2010

*Dort, wo einstmals
meiner Kindheit Wiege stand,
liegt mein liebes
Oberberger Heimatland.*

Willi Veith
Oberbergisches Heimatlied

Als er im März des Jahres 1866 geboren wurde, schien sein Leben vorherbestimmt. Er war ein zweitgeborener Sohn und würde den kleinen Hof seines Vaters nicht erben. Und er war ein Frühlingskind, was bedeutete, dass seine Mutter keine Zeit für ihn haben würde. Sie musste den Garten auf dem Losberg und die Felder bestellen, im Sommer Heu und Korn einbringen, im Herbst Kartoffeln und Rüben ernten. Die Arbeit war hart, der Boden steinig und karg – das Land brachte gerade genug Ertrag.

Immer wieder bewarb sich sein Vater Karl-Wilhelm, meist nur als Tagelöhner ohne feste Anstellung, bei einem der kleinen Bergwerke in der Umgebung. Über vierhundert hatte es einmal im Revier gegeben, aber nur etwa zwanzig waren jetzt noch in Betrieb, und auch deren Erträge wurden immer geringer.

Die kleine Eisenhütte im Nachbardorf, die lange Zeit auch von weit entlegenen Gruben beliefert worden war, arbeitete längst nicht mehr. Wenn tatsächlich noch Erz in der Gegend gefunden wurde, musste es nun teuer über eine große Entfernung zur Verhüttung transportiert werden. Der Erlös reichte dann kaum noch, um die Arbeiter zu entlohnen.

Der Großvater des Jungen, Johannes Christian, hatte es wie so manch anderer auf eigene Faust versucht. Auf seinem Grundstück auf dem Losberg hatte er einen Stollen in die Erde getrieben. Die erhoffte Silberader – oder zuminmindest Kupfer – fand er nicht. Das wenige Erz, auf das er stieß, machte ihn nicht reich.

Seinem zweitgeborenen Sohn Heinrich wurden die Plackerei und die Erfolglosigkeit zu viel. Über Nacht verließ er Haus und Hof. Ein hastig gekritzelter Zettel auf dem Küchentisch teilte mit, dass er auf einem Auswandererschiff anheuern und seine Passage nach New York verdienen werde. - Die Familie hörte nie wieder von ihm ...

Für den neugeborenen Jungen wurde - wie es seit Generationen üblich war - der Name eines Vorfahren oder Onkels gewählt. Seine Eltern einigten sich auf Wilhelm. Das bot sich an, da nicht nur sein Vater diesen Namen trug, sondern auch, weil seine Mutter Wilhelmina hieß. Genannt wurde sie allerdings nur Minna.

Sie war eine starke Frau, die mit beiden Beinen fest auf der Erde stand und in Haus und Hof zupacken konnte. Karl-Wilhelm hatte gut daran getan diese Frau zu nehmen, die fast fünfzehn Jahre jünger war als er.

Ihren ersten Sohn hatten sie Heinrich genannt, weil Minnas Vater so geheißen hatte. Karl-Wilhelm war strikt dagegen gewesen, aber Minna hatte sich durchgesetzt, denn es gehörte sich nun einmal, dass der Name in der Familie weitergeführt wurde. Zum ersten Mal hatte sie sich mit ihrem Mann zerstritten - das gehörte sich natürlich nicht ... Aber schließlich hatte Karl-Wilhelm nachgegeben. Er wollte durch den Namen einfach nicht immer an seinen in die Neue Welt entschwundenen Bruder erinnert werden, der die Familie so schmählich im Stich gelassen hatte und von dem nur noch hinter vorgehaltener Hand gesprochen werden durfte. Niemand verzieh ihm seine Treulosigkeit ...

Heinrich war keine anderthalb Jahre älter als Wilhelm, ein Winterkind, im November geboren, als Getreide, Obst und Feldfrüchte eingebracht waren und Minna im Haus bleiben und sich um ihn kümmern konnte. Während sie Kleidung ausbesserte, nähte und sogar die Zeit fand, ihr Monogramm in Tisch- und Bettwäsche zu sticken, stillte sie ihn ausgiebig und er gedieh prächtig. Als der Frühling kam, war er soweit über den Berg, dass sie sich keine allzu großen Sorgen mehr machen musste. In Gedanken war sie allerdings oft bei ihrer jüngeren Schwester Elisabeth, die gerade ihr zweites Kind, nur vier Wochen nach seiner Geburt, begraben hatte.

Für Wilhelm konnte Minna sich nicht so viel Zeit nehmen wie für Heinrich. Sie gönnte sich als Wochenbett gerade zwei Tage, dann spannte sie die beiden Kühe vor den Pflug – einen Ochsen oder gar einen Ackergaul konnten sie sich nicht leisten – und zog die Furchen für die Kartoffeln in den steinigen Boden. Karl-Wilhelm hatte noch einmal Arbeit in einem Bergwerk gefunden, er ging morgens bei Dunkelheit aus dem Haus und kam erst zurück, wenn es schon wieder dunkel war. Fünfzehn Silbergroschen verdiente er am Tag, das war viel Geld. Vielleicht konnten sie etwas davon zurücklegen und dann bald auf dem Viehmarkt in der Kreisstadt einige Ferkel kaufen und sie großziehen. Für das Pfund Schweinefleisch zahlten die feinen Leute beim Metzger inzwischen sechs Silbergroschen. Und wenn sie dann immer eine Sau behielten …

Während sie hinter dem Pflug herstapfte, malte sich Minna ihre künftige Schweinezucht aus. Heinrich lief auf seinen kurzen stämmigen Beinchen schon munter neben Minna her. Wilhelm lag, dick in ein Schaffell eingewickelt, am Rand des Feldes. Nur wenn er hungrig war, brüllte er aus Leibeskräften, und Minna gönnte sich eine kurze Pause, um ihn zu stillen.

Wilhelm wurde genügsam und zäh …

Im Mai des darauf folgenden Jahres kam Christian zur Welt. Minna hatte sich nach den beiden Jungen eigentlich eine Tochter gewünscht, aber sie nahm auch den dritten Sohn in Liebe und Pflichtbewusstsein an. Obwohl sie auch ihm nicht ihre ganze Aufmerksamkeit schenken konnte, entwickelte er sich zu einem gesunden kräftigen Burschen, dem keine der gefürchteten Kinderkrankheiten etwas anhaben konnte. Als Diphtherie das Dorf heimsuchte, in einer Familie alle sieben Kinder in kürzester Zeit dahinraffte und auch Heinrich und Wilhelm um ihr Leben kämpften, blieb Christian wie durch ein Wunder verschont. Minna allerdings rieb sich bei der Pflege ihrer kranken Söhne so sehr auf, dass ihr viertes Kind, die ersehnte Tochter, tot geboren wurde. Das fünfte Kind, wieder ein Mädchen, überlebte seine Geburt nur um elf Tage.

Die starke, immer tatkräftige Minna ergab sich ihrer Trauer und versank in Schwermut. In seltenen lichten Momenten machte sie sich bittere Vorwürfe, dass sie Gott, den Herrn, versucht habe, indem sie sich so sehnlich ein Mädchen wünschte, statt sich Seinem Willen und Seiner Vorsehung zu beugen.

„Nu hätt Er mich verflucht!", jammerte sie immer wieder. „Hä chitt mer de Mädcher, awer se sing du'et."

Zuerst versuchten Heinrich, Wilhelm und Christian noch, die Mutter auf andere Gedanken zu bringen, aber immer öfter wehrte Minna ihre Söhne ab, lebte täglich länger in einer abgeschlossenen Welt der Dunkelheit …

Karl-Wilhelm verlangte von seinen drei Söhnen, dass sie die Schule besuchten, und zwar regelmäßig, nicht nur im Winter wie die anderen Kinder des Dorfes, die – kaum dass sie laufen konnten – den ganzen Sommer über nach Kräften bei der Landarbeit mithelfen mussten.
Heinrich murrte, er brauche keine Schule, schließlich werde er eines Tages den Hof erben – es brachte ihm eine Ohrfeige seines Vaters ein. Wilhelm war von der Schule begeistert, und für Christian war ohnehin alles richtig, was Wilhelm tat. Wilhelm war dem Jüngeren gegenüber immer nachsichtig und hilfsbereit, Heinrich verprügelte ihn zu oft. Es war noch gar nicht so lange her, dass er ihm ein blaues Auge geschlagen hatte, weil Christian mit dem Körbchen, in dem er die Eier aus dem Hühnerstall geholt hatte, gestolpert war. Keins der Eier war heil geblieben, den Weg zum Markt in der Kreisstadt konnten sie sich in dieser Woche schenken. Dabei brauchten sie das Geld aus dem Verkauf der Eier so dringend …

Nur lustlos ging Heinrich die Dreiachtelmeile durch den Wald und über Wiesen zur Schule in den Nachbarort, der Vormittag zog sich für ihn endlos in die Länge, recht mühsam lernte er lesen, schreiben und rechnen. Wilhelm dagegen war wissbegierig und sog den Unterrichtsstoff geradezu in sich auf, bemühte sich sogar in der Schule Hochdeutsch zu sprechen, was für ihn eine völlig neue Ausdrucksweise war, denn im Dorf sprach jeder nur Platt, und die meisten schrieben sogar so wie sie sprachen.

Der Lehrer bat Karl-Wilhelm eines Tages in die Schule und legte ihm nahe, seinen Sohn auf die junge, private höhere Lehranstalt in der Kreisstadt zu schicken.

Ein Pfarrer hatte diese Schule gegründet. Zwar bekleidete er inzwischen ein höheres Amt, behielt die Entwicklung der Schule aber sehr genau im Auge. Gegen ein gehöriges Schulgeld schickten die begüterten Bürger der Stadt ihre Kinder dorthin. Nach dem Willen des Pfarrers sollte die Schule jedoch allen Buben - und sogar Mädeln - offen stehen, die die nötige Begabung dafür mitbrachten.

Natürlich war dem Pfarrer bekannt, dass bei den Bauern immer nur das älteste Kind den Hof des Vaters erbte, dass die Geschwister zwar Land oder auch Wald erhielten, von diesen Ländereien allein aber in der Regel nicht leben konnten. Und Mädchen mussten möglichst schnell heiraten, um den Eltern nicht unnötig lange auf der Tasche zu liegen. Vor allem die Sitte, immer wieder Vettern und Kusinen miteinander zu verheiraten, damit nur ja ausreichend Landbesitz in der Familie blieb, um den Lebensunterhalt wenigstens annähernd zu sichern, hielt der Pfarrer für äußerst bedenklich ...

Da er „diese Zustände", die die so genannte Realteilung mit sich brachte, aber nun einmal nicht ändern konnte, wollte er sie durch ein Bildungsangebot für den einen oder anderen zumindest etwas verbessern. Und so hatte er eine Möglichkeit ersonnen, wie auch Bauernkinder, deren Eltern meist nur wenig Geld hatten, *seine* Schule besuchen konnten: er verlangte als Schulgeld einen Ochsen ...

Karl-Wilhelm sah durchaus die leuchtenden Augen seines Sohnes, wenn von dieser Schule gesprochen wurde, aber allein den Ochsen zu beschaffen war schon ein Problem. Und jetzt, da Minna immer sonderlicher und er selbst ja auch nicht jünger wurde, brauchte er auf dem Hof zudem dringend Wilhelms Arbeitskraft.

„Mer han keen O'eßen, den dä Herr ..., Herr ..."
„Superintendent", half Lehrer Seifert geduldig nach.

„Meinetwejen", knurrte Karl-Wilhelm, „mer han nu mol bloß Köh un Söi un en paar Hohner, awer dä Super ...äh ... dingens, dä wull jo opp Düewel kumm rus en O'eßen für et Schu'elcheld. Keen

Wunger, datt dat Ding de O'eßenschu'el heeßt."

„Da wird sich bestimmt eine Möglichkeit für den Jungen finden lassen", meinte Lehrer Seifert.

„Nä!", wehrte Karl-Wilhelm ab, „dat chidder keen. Denn wat vil wichtijer is, dä Jung wi'erd no Ostern i'erscht mol Katechumene."

„Ach, das leidige Thema!", seufzte Lehrer Seifert. „Seit siebzehn Jahren bin ich jetzt hier an dieser Schule, und genauso lange laufe ich Sturm gegen die Gewohnheiten des Herrn Pastor. Aber er ist nicht zu überzeugen."

Nein, das war der Herr Pastor wirklich nicht, wusste Wilhelm. Vor der Konfirmation musste jedes Kind zwei Jahre lang im rechten Glauben unterwiesen werden. Der Herr Pastor befahl die Kinder dazu an zwei Wochentagen in die Kirche oder in sein Pfarrhaus, aber nicht etwa an den freien Nachmittagen, sondern während der Schulzeit am Vormittag. Und wenn die Kinder ihre Bibelverse und Kirchenlieder nicht schnell genug lernten, behielt er sie sogar noch den halben Nachmittag dort. Die Versäumnisse in der Schule waren dadurch erheblich, Hausaufgaben fast unmöglich und der Stoff einer höheren Lehranstalt kaum zu bewältigen.

Es wäre zu schön gewesen, hätte er der erste im Dorf sein können, der eine höhere Schule besuchte ... Aber Wilhelms Traum ging zu Ende, bevor er überhaupt begonnen hatte. Eigentlich hätte er es sich denken können ...

Nach seiner Konfirmation am Palmsonntag des Jahres 1880 trat Wilhelm bei einem Steinsetzer in der Kreisstadt seine Stelle als Gehilfe an. Alles Geld, das er verdiente, gab er dem Vater, nichts behielt er für sich. Die Familie brauchte dieses Geld dringend – die Minen waren erschöpft, die Bergwerke aufgegeben, und Karl-Wilhelm, bald sechzig Jahre alt, fand keine Arbeit mehr.

Dann starb der Steinsetzer. Krank war er nicht gewesen, nichts hatte seinen plötzlichen Tod ahnen lassen – er wachte einfach eines Morgens nicht mehr auf ...

Da Gott, der Herr, ihm keinen Sohn geschenkt hatte, der sein Handwerk hätte übernehmen können, und seine Tochter leidlich gut mit einem Gerichtsschreiber verheiratet war, verkaufte seine Witwe den Betrieb und das Wohnhaus und zog, nunmehr vermögend, in ihren Heimatort zurück.

Wilhelm stand auf der Straße. Unermüdlich suchte er nach einer neuen Stelle, aber in der Region gab es für ihn, einen Ungelernten, nur Gelegenheitsarbeit. Auf dem väterlichen Hof half er soviel er konnte, grub für Minna den Garten um, den sie nach alter Gewohnheit, aber freudlos bestellte. Er ackerte, mähte, brachte das Heu ein und drosch das Korn aus. Nur an die Schweinezucht ließ Heinrich ihn nicht heran, er untersagte ihm sogar den Gang in den Nachbarort, um die

Sau dort zum Eber zu bringen - dabei hatte Wilhelm ihm doch nur Arbeit abnehmen wollen.

„Ech sing der Erbe", schnauzte Heinrich ihn an, „un du kanns dich op dän Kopp stallen un mit de Fööß Fliejen fangen – dän Hoff kriste nit!"

Wilhelm zerstritt sich hoffnungslos mit seinem Bruder und ging ihm künftig nach Möglichkeit aus dem Weg ...

Christian teilte Wilhelms Los. Auch er hatte kein Handwerk lernen können, war nur als Tagelöhner immer wieder einmal in einer kleinen Getreidemühle beschäftigt. Aber inzwischen traten Großmühlen in Wettbewerb, sie zahlten besser für das Getreide, brauchten aber auch weniger Leute, weil immer öfter Maschinen deren Arbeit übernahmen.

Der Müller gab schließlich auf ...

Auf dem Markt hatten sie schon des öfteren von der industriellen Revolution munkeln hören – jetzt hatte sie diesen abgelegenen unwirtlichen Landstrich erreicht, und auch die Menschen hier erkannten nun, was sie bedeutete ...

Minna schien aufzuleben, als sie alle drei Söhne wieder fast jeden Tag um sich hatte. Sie kochte, backte Brot, erntete Gemüse und trocknete über dem Herd das Obst für den Winter, flickte und nähte Kleidung. Manchmal stahl sich dabei sogar ein Lächeln auf ihr Gesicht. Aber bei den Männern wuchs die Sorge. Der Hof konnte auf Dauer keine fünf erwachsenen Menschen ernähren ...
Als Heinrich auf dem Viehmarkt wieder einmal Ferkel verkaufte, hörten Wilhelm und Christian durch einen umherziehenden Musiker zum ersten Mal vom deutschen „Männschester". In Barmen und Elberfeld, im Tal des kleinen Flüsschens Wupper, sollte es beim Straßen-, Brücken- und Häuserbau Arbeit zuhauf geben. „Mingen Burschen is alt do blieven, weil hä angersch Cheld kritt wie bi mir", schimpfte der Musiker.
Christian wäre am liebsten sofort ins Wuppertal aufgebrochen. Wilhelm dagegen dachte, obwohl ihm Heinrichs Feindseligkeit in der letzten Zeit arg zugesetzt hatte, zuerst an die Mutter, die gerade ein wenig aus ihrer Schwermut erwacht war.
„Nä, nä, dat is mer all noch chet windich", dämpfte er Christians Eifer. „Looße mer dis Johr no waarden un de Oh'eren opphaalen, bis mer mi'er wissen."

Was sie wissen mussten, erfuhren sie mit der Zeit vom Marktvolk, das weit herumkam. Aber nicht alles, was sie in Erfahrung brachten, gefiel ihnen. Ein Pöttejud erzählte ihnen vom Ritual der Maurer, die ihren Handlangern bei der Aufnahme in die Gemeinschaft einen heißen Reibekuchen auf die Brust drückten und den jungen Burschen das Versprechen abnahmen, bei der Arbeit, die sie im Wuppertal erwartete, bloß ja nicht ihren „Maurerschweiß" zu vergießen.

Wilhelm und Christian schmunzelten wissend. Von den Maurern hieß es allgemein, dass sie bei der Arbeit nur ungern ins Schwitzen gerieten. Ihren Handlangern brachten sie das als erstes bei. Aber dass sie dabei auch noch Lebensmittel verschwendeten, stieß Wilhelm und Christian, die immer nur das Nötigste gehabt hatten, geradezu ab. Nein, zu den Maurern würden sie nicht gehen!

Es blieben die Pflasterer ...

Der folgende Winter brachte die Entscheidung. Nach einem völlig verregneten Sommer waren Hafer, Roggen und Buchweizen schon am Halm verschimmelt, die meisten Kartoffeln im Boden verfault. Die Menschen hungerten – sie *verhungerten* – und auf dem Friedhof im Kirchdorf musste ein neues Gräberfeld angelegt werden ...

Steckrüben, das Sauerkraut aus Minnas im Garten gezogenem Weißkohl und ihre getrockneten Äpfel und Pflaumen ließen Karl-Wilhelm und seine Familie den Winter überstehen. Aber Minna magerte bis auf die Knochen ab, mehrere Zähne fielen ihr aus - und schließlich blieb sie eines Morgens einfach im Bett liegen und stand nicht mehr auf. An den Vorbereitungen zum Aufbruch ihrer Söhne ins Wuppertal nahm sie nicht teil.

Wilhelm und Christian packten Werkzeug und etwas Kleidung in einen Kissenbezug, backten sich - darauf hatte ihr Vater bestanden - aus den letzten verschrumpelten Kartoffeln Rievkoochen und bestrichen Scheiben eines uralten steinharten Schwarzbrotes mit schon leicht ranzigem Schmalz. Diese Wegzehrung verstauten sie im Knappsack, einem großen rotbunt-karierten Taschentuch. Um drei Uhr in der Frühe brachen sie auf, trafen sich bei dem ihnen genannten Wirtshaus mit den anderen Arbeitern und nahmen den Weg in die Fremde, ins ferne Wuppertal, in Angriff.

Sie waren es gewohnt zu Fuß zu gehen, Kutschfahrten hatte es für sie nie gegeben, aber dieser Marsch war der längste, den sie je unternommen hatten. Todmüde erreichten sie am späten Abend Barmen, fielen in der ihnen zugewiesenen Baracke auf die Strohsäcke und schliefen sofort ein. Dass der Wind durch die Barackenwände pfiff und es durchs Dach regnete, merkten sie in dieser Nacht nicht ...

Von nun an gingen sie jedes Jahr im April den Weg von ihrem Dorf ins Wuppertal und kehrten erst im November zur Familie zurück. Im Winter fanden sie – drahtig und robust wie sie von der schweren Arbeit inzwischen geworden waren – leicht eine Beschäftigung in einem der vielen Steinbrüche in der Umgebung. Die Grauwacke, die sie dort brachen, begegnete ihnen mitunter im Wuppertal wieder, wenn sie die großen Bruchsteine zu Pflastersteinen verarbeiteten. Zudem wurden mit Grauwacke die vielen neuen Bahndämme geschottert, die die Eisenbahn inzwischen auch in ländlichen Gegenden baute. Im Ruhrgebiet entstanden aus Grauwacke Wohnhäuser für die Bergleute und ihre Familien. Auch Fabrikgebäude und Brücken wurden aus Grauwacke errichtet. Sogar nach Holland brachte man sie, um dort Deiche damit zu befestigen. – Wer einen Steinbruch besaß, konnte reich werden ...

Als Wilhelm und Christian in Barmen zu Vorarbeitern ernannt wurden, verließen sie die Baracken der Fremdarbeiter und nahmen Kost und Logis beim alten Seidenweber Lindemann. Schon vor einigen Jahren war ihm die Frau gestorben, Kinder hatte er keine, und da vor kurzem seine jüngste Schwester ihren Mann begraben hatte, war sie mit den beiden Töchtern Selma und Adele zu ihrem Bruder gezogen, um ihm den Haushalt zu führen.

Jakob Lindemann saß, obwohl über sechzig, fast täglich in seiner Webstube. Zwar stellten Fabriken inzwischen Stoffe in großer Menge und zu erschwinglichen Preisen her, aber die handgewebte Lindemannsche Seide war etwas Besonderes und wegen ihrer Qualität und der außergewöhnlichen Muster begehrt. Sie war nicht billig, doch die Damen der höheren Gesellschaft zahlten den Preis gern. Lindemann konnte gut von seiner Arbeit leben, an Fremdarbeiter vermietete Quartiere waren ein Zubrot, auf das er eigentlich nicht angewiesen war und das er seiner Schwester Johanne überließ.

Am Freitagabend bereitete sie ihm oft Fisch zu, den sie auf eine bestimmte Weise füllte. Sie selbst und ihre Töchter aßen ihn allerdings nur selten mit, und auch Wilhelm und Christian erhielten ein anderes Essen. Am Samstag ruhte Lindemann aus. Er webte nichts, empfing keine Kunden und tätigte keine Verkäufe. Am Sonntag saß er wieder am Webstuhl ...

„Ech jelöwen, mer sing bi 'nem Jud ungerkummen", sagte Christian eines Tages. „Un dat Adele sütt chanz donach us – mit de schwatte Hoor."

Wilhelm war von der siebzehnjährigen Adele mit ihren dunklen Haaren, den braunen Augen und den hohen Wangenknochen sehr angetan. Schon bei der ersten Begegnung hatte sie ihm gefallen. Sie sah so ganz anders aus als die Mädchen „vam Dorp", die immer irgendwie unordentlich frisiert waren und nur grobes Schuhwerk und verdreckte Kleider trugen, weil sie ja ständig in den Garten, aufs Feld oder in einen Stall mussten. Früher war ein solcher Anblick für Wilhelm ganz normal gewesen, doch nun - nach den Jahren in der Stadt ...

Und wenn Adele nun tatsächlich keinen christlichen Glauben hatte?

Anfangs hatte es Wilhelm und Christian sehr verwirrt, dass es in Barmen und Elberfeld so viele verschiedene Glaubensrichtungen gab. Sie erkannten die Unterschiede nicht, und niemand erklärte sie ihnen, aber anscheinend hatte jede dieser Gemeinden sogar ihre eigene Kirche. Im Dorf war man einfach evangelisch gewesen, man glaubte an Gott, betete zu ihm, fürchtete ihn. Man wusste zwar, dass es auch katholisch gab, aber im Dorf war das niemand.

Und nun vermutete Christian in Jakob Lindemann und seiner Familie sogar Juden! Von dieser Religion wussten sie ja nun fast gar nichts. Der Dorfpfarrer hatte im Konfirmandenunterricht die Juden „Gottes auserwähltes Volk" genannt, aber er hatte auch immer betont, dass alle, die nicht an den Herrn Jesus Christus glauben, Heiden seien …

In der Kreisstadt daheim lebten zwei jüdische Familien, angesehene Bürger, nicht wirklich reich, aber auch nicht arm. Die Söhne besuchten – natürlich gegen gutes Geld, nicht etwa für einen O'eßen – die private höhere Lehranstalt. Auch in der Nachbargemeinde gab es Juden, der Pöttejud, der ihnen vom Ritual der Maurer erzählt hatte, kam dort her. Der Pfarrer des Ortes spielte oft mit den Männern im Wirtshaus Karten; dabei folgte er natürlich nur seinem Missionsauftrag, indem er - ganz nebenbei - versuchte, sie zum Christentum zu bekehren – was ihm aber, sehr zu seinem Verduss, nicht gelang. Dass auch in einer Stadt wie Barmen Juden lebten, brauchte eigentlich nicht zu wundern.

„Awer se beten doch vorm Ääßen: Komm, Herr Jesus, sei unser Jast", gab Wilhelm zu bedenken.
„Villeecht wor dä Mann vam Johanne jo Christ un se sing alle jetauft", überlegte Christian. „In de Stadt sall et so Mischehen jo cheven. Awer du wulls et Adele jo woll nit hierooden …"

Doch je mehr Wilhelm Adele kennen lernte, desto öfter dachte er gerade darüber nach. Und dass ihre zwei Jahre ältere Schwester Selma bei aller gebührenden Zurückhaltung seinem Bruder gegenüber keineswegs Abneigung empfand, bemerkte Wilhelm mit heimlicher Freude. Nur Christian schien mit Blindheit geschlagen und benahm sich – Wilhelm warf es ihm schließlich an den Kopf – „wie'n Bülles im Eerpelsfeld".

Die anderen jungen Männer des Dorfes waren längst „op de Fre'i jechangen", ihr Bruder Heinrich schon Vater eines Sohnes. Wilhelm wurde jetzt bald dreißig, aber bei der Arbeit, die er tat, hatte er bisher an eine Ehe nicht denken können. Welcher Frau konnte er schon zumuten, zweimal im Jahr mit ihm die gewaltige Strecke vom und ins Wuppertal zu Fuß zu gehen? Und für immer dort bleiben? Das wäre den Eltern gegenüber nicht recht! Und inzwischen konnte man immerhin ein Stück des Weges mit der Eisenbahn fahren ...

Doch als er den Vater, der auf seine alten Tage etwas seltsam wurde, bat, ein Mädchen aus Barmen zur Frau nehmen zu dürfen, wurde Karl-Wilhelm unerwartet heftig: „Dodruss wi'erd nix", polterte er, „fre'i dingen Noopersch Kenk und koof dingen Noopersch Renk, dann weeßte uch, wat de häss."

Damit verweigerte Karl-Wilhelm sein Einverständnis zu den „auswärtigen" Heiratsplänen seines Sohnes – und Wilhelm fügte sich ...

Man schrieb gerade das Jahr 1900, als Karl-Wilhelm im 78. Lebensjahr am 9. Januar starb. Seine Söhne hielten das Trauerjahr ein, dann verlobten sie sich mit Selma und Adele. Im Jahr darauf heirateten sie in Barmen. Während Christian mit Selma dort blieb, weil er inzwischen eine dauerhafte Arbeit in einer Färberei gefunden hatte, machte sich Adele im November mit Wilhelm auf den Weg in sein Heimatdorf. Sie wusste, dass sie im April nicht würde zurückkehren können, denn sie erwartete im Mai ihr erstes Kind.

Heinrich eröffnete ihnen bei ihrer Ankunft unfreundlich: „De Mutter lütt, un bineen is se alt lang ni mie. Un et Kaling is wi'er jeseechnet. He blieven kunnter nit."

Darüber war Wilhelm eigentlich erleichtert. Er hatte nie das beste Verhältnis zu Heinrich gehabt, aber die Blicke, mit denen Heinrich und Karoline die ihnen noch unbekannte Schwägerin bedacht hatten, ließen an ihrer Abneigung keinen Zweifel aufkommen. Mit ihnen zusammen zu leben, würde für Adele und ihr Kind eine große Belastung sein ...

Im Dorf gab es keine Zimmer zu mieten, aber Wilhelm erfuhr von einem Bauern im Nachbarort, der Schiefe, in dessen Haus Zimmer leer standen, weil seine Eltern vor einiger Zeit gestorben waren. Hier nahm er zwei Räume im Obergeschoss, in denen er mit Adele wohnen konnte.

Wilhelm hatte Adele zwar oft von seinem Heimatdorf erzählt, aber sie hatte sich nie eine rechte Vorstellung vom „Landleben" machen können. Nun lernte sie es kennen ...

Nach längerer ergebnisloser Suche wurde Adele klar: es gab im Obergeschoss des Bauernhauses kein fließendes Wasser. In ihrem Schlafzimmer stand ein „Waschtisch". Eigentlich war dieses Möbelstück kein wirklicher Tisch, sondern eine Kommode mit drei völlig verzogenen Schubladen, die sich nur mit Mühe bewegen ließen, und einer bleischweren Marmorplatte obenauf. Darauf stand eine große weiße Porzellanschüssel mit Rosenmuster am Rand und eine Wasserkanne, die Adele kaum heben konnte.

Unter dem Bett fand sie einen Nachttopf, und mit Sorge dachte Adele voraus: ihr Kind würde noch wachsen. Wie sollte sie dieses „Geschirr" zum Ende ihrer Schwangerschaft noch benutzen können? Aber die Bäuerin beruhigte sie: „Dat Kenk kütt im Mai. Da is et all wi'er wärmer, un da kannße übern Hoff chohn."

Über den Hof! Das kleine an den Kuhstall angebaute Holzhäuschen mit dem Herzchen in der Tür – Adele grauste …

Ob sie einmal baden könne, wagte sie nicht zu fragen – es gab im Haus kein Badezimmer. Wenn die Bauersleute badeten, was selten genug geschah, trugen sie eine große Zinkwanne in die Küche, füllten sie aus Kesseln und Eimern halbvoll mit heißem und kaltem Wasser, hingen ein Bettlaken über eine ausgespannte Leine, damit die Wanne vor unerwünschten Blicken verborgen war, und stiegen nacheinander hinein. Nach dem Baden warf die Bäuerin dann noch die in der letzten Zeit angefallene Wäsche zum Einweichen ins Wasser …

Adeles nie ausgesprochene Befürchtungen bestätigten sich: Wilhelms Heimat war tatsächlich noch nahezu eine Wildnis!

Nur dass Margarete, eine der drei Töchter des Bauern, Hebamme war, beruhigte Adele ein wenig …

Ihr Kind wurde in der Schiefe geboren. Adele bat darum, das Mädchen Erna nennen zu dürfen. „Der Name gefällt mir, und er ist gerade in Mode. Und die Kinder müssen ja nun wirklich nicht immer die Vornamen von Eltern, Großeltern, Onkeln oder Tanten haben. Da kommt man ja irgendwann völlig durcheinander."

„Awer bim nächßen Kenk wi'erd dat wi'er angersch", ließ Wilhelm ihr gutmütig den Willen.

„Das sehn wir dann mal", gab Adele zurück.

Zum ersten Mal seit fast zwanzig Jahren ging Wilhelm nicht zurück ins Wuppertal, sondern arbeitete auch den Sommer über im Steinbruch.

Ernas Taufe sollte in Wilhelms Elternhaus stattfinden, damit auch Minna dabei sein konnte. Zwar wusste niemand, was sie noch aufnahm, aber vielleicht konnte sie doch noch Freude empfinden. Außerdem wollte Wilhelm den Zwist mit seinem Bruder endlich beilegen. Heinrich musste doch jetzt wirklich eingesehen haben, dass Wilhelm keinen Anspruch auf den Hof crhob.

Wilhelm bat Heinrich, Ernas Pate zu werden. Überrascht und erfreut nahm er das Amt an, saß dann auch beim Taufgespräch mit dem Pfarrer neben Wilhelm am Tisch. Wilhelm musste alle Papiere vorlegen, die ihm in Barmen ausgestellt worden waren, denn ein solcher „Fall" war dem Herrn Pastor noch nicht untergekommen.

Er war erst vor kurzem in diese Gemeinde versetzt worden, hatte durchaus auch schon einige Taufen in den Dörfern durchgeführt, das war nichts Außergewöhnliches - aber dass die Ehe der Eltern im weit entfernten Barmen geschlossen wurde, das hatte er noch nicht erlebt, da mussten alle Papiere gründlichst geprüft werden. Schließlich sollte ihm hinterher niemand einen Vorwurf machen können ...

„Sie sind also lutherisch getraut worden?", forschte er nach einem Blick ins Stammbuch.

„Is dat chet angersch wie evangelisch? Dann wie'ren ech awer nit Ö'empate", schnappte Heinrich hitzig dazwischen.

„Nun ja ..." Der Pfarrer zwirbelte an seinem Schnäuzer. „Es ist evangelisch, aber – wie soll ich Ihnen das erklären? – gerade in Barmen und Elberfeld ist evangelisch eben nicht immer evangelisch. Viele Menschen dort folgen den Lehren eines anderen Reformators."

„Hä?", machte Heinrich.

„Die Menschen sind durchaus fromm", räumte der Pfarrer ein, „vielleicht sogar frommer als die Leute hier. Aber manchmal sind sie auch ziemliche Hitzköpfe. Vor schon etwas längerer Zeit haben sie sich einmal über Glaubensfragen derart zerstritten, dass einige einen völlig neuen Ort gegründet haben, wo sie ihren – ich sage einmal – *besonderen* Glauben getrennt von den anderen leben konnten."

Wilhelm hatte davon gehört. Zwar hatten sich die Gemüter über die Jahrzehnte hinweg beruhigt, die Menschen sich ausgesöhnt, die meisten Abtrünnigen waren sogar wieder in den Schoß der Kirche zurückgekehrt - den Ort Ronsdorf aber gab es nun einmal, und er war sogar stetig gewachsen ...

Heinrich schüttelte nur den Kopf und beendete das Gespräch auf seine Weise: „Herr Pastur, ech han noch chet ze donn. Wi'erd dat Kenk denn nu jetauft oder nit?"

Der Pfarrer sah noch einmal gewissenhaft Wilhelms Papiere durch und erklärte sich dann zur Taufe bereit.

Christian, Ernas zweiter Pate, kam aus Barmen und brachte das Taufkleid mit. Es war für Selma aus der Lindemannschen Seide gefertigt worden. Nach ihr wurde auch Adele in diesem Kleid getauft. Und nun sollte Erna die nächste sein.

Im Dorf war das Kleid eine Sensation. Noch nie hatte ein Kind zur Taufe eine solche „Création" getragen: ein Rock aus reiner weißer Seide, der ein Steckkissen verbarg, dazu ein Überwurf aus Spitze, der leicht und duftig über allem lag.

„Wenn et bloß nit in de Butz määt", tuschelte eine Nachbarin.

„Wör nur räächt! Watt mössen se uch alles üverdriven, de Städter", flüsterte eine andere zurück – aber nicht leise genug ...

Wilhelm hörte es mit Verdruss. In Barmen war er auch nach all den Jahren immer noch „der Fremdarbeiter", und das würde er auch immer bleiben. Er konnte in der Stadt leben – zu Hause war er dort nicht. Aber dass sie ihn jetzt hier, in seinem Heimatdorf, den „Städter" nannten ...
Als Minna ihre erste Enkelin in dem weißen Taufkleid sah, brach sie in Tränen aus. „Ming Mädche is als Engelche wi'erkummen, ming kleen Lilly", weinte sie. „Nu hätt Er dän Fluch endlich van mer jenommen. Nu kann ech chohn." – Und mit einem Mal wurde sie ganz ruhig ...
„Et du'ert ni mie lang", raunte die Nachbarin und die Frau neben ihr nickte verstehend.

Minna starb vier Wochen später ...

Noch bevor die Pflasterer ins Wuppertal aufbrachen, machten sich schon Wilhelm und Adele auf den Weg. Sie beluden einen kleinen Bollerwagen mit Kleidung und Hausrat, bauten Erna darauf ein einigermaßen bequemes Bett und gingen nach Wipperfürth. Von dort konnte man inzwischen mit der Eisenbahn nach Barmen fahren. Als sie ihren Karren in den Gepäckwagen luden, sahen die Leute auf dem Bahnhof neugierig zu, und Adele scherzte: „Die glauben bestimmt, wir wollen auswandern."

Wilhelm hatte tatsächlich in den letzten Monaten oft daran gedacht, „auszuwandern" und für immer in Barmen zu bleiben. Aber im Winter ruhte der Straßenbau, und die Vorstellung, wie Christian in einer Fabrik sein Geld zu verdienen, verursachte ihm Beklemmung. Zu viele Jahre hatte er seine Arbeit unter freiem Himmel verrichtet, als dass er nun den ganzen Tag in einem Gebäude verbringen konnte. Als sie im Herbst den Rückweg in Wilhelms Dorf antreten wollten, stellte Adele fest, dass sie ein zweites Kind erwartete. „Wenn mir noch einmal Margarete als Hebamme zur Seite steht, werde ich dieses Kind in deinem Dorf zur Welt bringen", erklärte sie ihrem Mann.

Wilhelm arbeitete wieder einen Sommer im Steinbruch.

Im Juli wurde in einem alten schwarzweißen Fachwerkhaus seine zweite Tochter geboren. Zu Ehren ihrer Schwester und in Dankbarkeit für die Hebamme schlug Adele als Namen Selma Margarete vor. Aber kaum, dass die Kleine sprechen konnte, nannte sie sich selbst Grete und ihre ältere Schwester Nenna – und dabei blieb es ...

Der Schulbesuch war für die beiden Mädchen nicht einfach. Im Sommer, wenn ihr Vater im Wuppertal Straßen pflasterte, wohnten sie bei ihrer Großmutter Johanne und gingen in Barmen zur Schule. Im Winter lebten sie in Wilhelms Heimatdorf im Obergeschoss des alten schwarz-weißen Fachwerkhauses, in dem Grete geboren war, schräg gegenüber dem braun-weißen ihres Onkels Heinrich. Dann gingen sie im Nachbardorf, in der Schiefe, zur Schule. In beiden Orten hatten sie Freundinnen, und jedes Mal, wenn nach Ostern oder in den Kartoffelferien wieder die Koffer gepackt wurden, gab es zum Abschied bittere Tränen. Besonders Ernas beste Freundin Käthe wollte jeden Frühling unbedingt mitkommen ins Wuppertal.

Käthe war die einzige gewesen, die zu Erna gehalten hatte, als sich einige Jungen über sie lustig machten, weil sie anders als die Kinder auf den Dörfern sprach. Besonders amüsierten sich die Bauernrüpel über ihr „getz", wo hier doch jeder wusste, dass es „chetz" heißen musste, und Richard feixte: „Huch, watt sim'mer in de Stadt eemol vürnehm?"

Erna lief rot an und war den Tränen nahe. Käthe baute sich – die Arme in die Hüften gestemmt – vor Richard auf und sagte bedächtig: „Kumm du enz in't Wuppertal un verklicker dennen do, dat de im Summer in de Kru'enzeln, de Himpeln, de Broomeln un de Woopeln chehs – un verchääßen bloß jo nit de kleen Eerpelcher – die kringelen sech em Wuppertal vor Laachen wie'n Ferkesschwänzchen!"

Als sich dann auch noch die kleine Grete, die gerade ins erste Schuljahr ging, an Käthes Seite stellte und nachdrücklich mit dem Fuß aufstampfte, guckte Richard nur verdattert und ließ Erna in Ruhe.

Erna berichtete ihrer Mutter von dem ungezogenen Richard und der so mutigen Käthe, und Adele erzählte Wilhelm am Abend davon. Er sah lange nachdenklich vor sich hin und sagte dann leise: „Ech jelöwen, mer sollten baal opphü'ern mit däm Wanderen."

Früher als sonst waren sie diesmal ins Dorf zurückgekehrt. Im Wuppertal gab es nicht mehr viele Straßen zu pflastern, hin und wieder musste ein Stück ausgebessert werden, und Wilhelm war als erfahrener Arbeiter auch immer dabei, aber es wurde mit jedem Jahr weniger. Zudem merkte Wilhelm, dass ihm das Pflastern immer schwerer fiel, seine Kräfte ließen nach, der Rücken schmerzte ihn häufig so sehr, dass er sich hinsetzen und ausruhen musste. Manchmal konnte er das Gewicht der Steine nicht mehr bewältigen, Werkzeuge nicht mehr genau handhaben. Die schwere Arbeit von fast dreißig Jahren forderte ihren Preis.

In Barmen und Elberfeld gab es seit ein paar Jahren die Schwebebahn, ein Wunderwerk der Technik, das so manchen Fußweg ersparte. Auch der Weg ins Dorf war leichter geworden, die Eisenbahn fuhr nun bis fast vor die Tür – nur noch eben über den Losberg und sie waren zu Hause ...

Zu Hause – ja, das war das Dorf für Wilhelm immer noch, und auch Adele hatte sich im Landleben mit den Jahren recht gut eingerichtet. Sogar der Prozedur des Badens konnte sie inzwischen ihre guten Seiten abgewinnen, obwohl immer die ganze Küche überschwemmt war, wenn Erna und Grete aus der Wanne stiegen.

Praktischerweise hatte Adele dann aber auch sofort geputzt, und die Wäsche war ebenfalls erledigt, ohne dass sie noch Kessel voll Wasser dafür auf dem Ofen aufheizen musste. Adele hatte von den Bäuerinnen einiges gelernt und viele ihrer städtischen Gepflogenheiten und Empfindlichkeiten abgelegt. Einzig das Häuschen mit dem Herzchen in der Tür, die Gänge über den Hof bei Wind und Wetter und die sommerliche Fliegenplage am *Örtchen* blieben ihr ein Graus ...
Wilhelm würde wohl zum letzten Mal im Steinbruch arbeiten – was danach wurde, stand in den Sternen. Und nun erwartete Adele nach all den Jahren noch einmal ein Kind ...

*A*m 6. Juli wurde Wilhelms Sohn geboren. Und nun war es selbstverständlich, dass er den Vornamen seines Vaters erhielt, aber von Anfang an wurde er nur Willi oder liebevoll auch Willi-Jung genannt.
Adele war fast 38 Jahre alt und hatte nicht mehr gehofft, Wilhelm noch einen Jungen schenken zu können. Es war keine leichte Geburt, und Adele erholte sich nur langsam. Zuerst entgingen ihr die wilden Gerüchte.
„Dä sütt us wie en Chinees", war noch eine der harmloseren Äußerungen. „Datt is en Döppen." – „Dä hätt se nit all bineen." – „En Dorftrottel." – So lautete das Urteil der Dörfler – und es kam Wilhelm und Adele zu Ohren...

Als Willi kurz vor Weihnachten – schon fast ein halbes Jahr alt – getauft werden sollte, sagte der Herr Pastor: „Taufen werde ich ihn. Aber er wird nie konfirmiert werden, denn er wird nicht verstehen, was der tiefere Sinn dieser Handlung ist. Und heiraten? - Nein, das sollte er bitte nicht." Und mit schrägen Blick zu Wilhelm und Adele riet er: „Irgendwann sollten Sie ihn vielleicht in eine Heil- und Pflegeanstalt geben. In der Kreisstadt gibt es seit langem eine solche."

Wilhelm und Adele waren zunächst wie vor den Kopf geschlagen, fassungslos, ratlos. Aber dann überkam sie Wut und Empörung. Willi-Jung einfach abschieben? Zu wildfremden Leuten geben? Ihn weg sperren wie einen Verbrecher hinter verschlossene Türen und vergitterte Fenster? - Niemals!

„Dat is et letzte Chrisdaach hier mit üch", kündigte Wilhelm am Heiligen Abend an, als sie mit Heinrichs Familie bei Eerpelschloot un Wü'erschtchen saßen. „Mer chohn no Barmen zerück un ech arbeeten do in 'ne Fabrik."

Als sie im Frühjahr ihre Sachen packten, ahnten sie nicht, dass drei Monate später ein Krieg ausbrechen würde, der die ganze Welt aus der Bahn warf ...

Erna litt am meisten darunter, dass sie ihre Freundin Käthe nicht mehr sah. „Jetzt kann man mit der Eisenbahn schon fast bis ins Dorf fahren, aber alle Züge gehen nur mit Kaiser und Vaterland an die Front", heulte sie.

„*Für* Kaiser und Vaterland", verbesserte Adele, aber Erna heulte nur noch lauter.

Grete bekam ihren geliebten „Quetsch" nicht mehr. Sie stampfte mit dem Fuß auf und forderte: „Sofort sollen sie die Seeblockade aufhören!" Zwar wusste sie nicht genau, wie man die See blockieren konnte, aber worauf sie deswegen verzichten musste, war ihr durchaus klar: „Ich will wieder Apfelsinen und Zitronen haben und ausquetschen!", quengelte sie fast täglich und zog dabei eine Mitleid erregende Scheppe.

Wilhelm wurde nicht eingezogen – er war fast fünfzig, heftiges Gliederreißen plagte ihn immer öfter. Zu „dienen" hatte er trotzdem – an der Heimatfront. So arbeitete er Tag für Tag in einer Tuchfabrik, in der Stoffe für die Uniformen der Soldaten hergestellt wurden. Geld bekam er für diese Arbeit kaum, aber zu kaufen gab es ohnehin fast nichts mehr. Bald erhielten sie Lebensmittelkarten, doch es mangelte an allem, sogar an der Milch für Willi-Jung ... Zu Hause würde es welche geben, ging Wilhelm durch den Kopf, aber daran durfte er jetzt nicht einmal mehr denken ...

Christian fiel im dritten Kriegsjahr vor Verdun. Erna und Grete sahen ihren Vater zum ersten Mal weinen, als ihm die Todesnachricht überbracht wurde. „Et is alles so sinnlos!", sagte er den Mädchen. „Der Kriech is doch verloren, dat is so sicher wie et Amen in de Ki'erch. Awer man darf et noch nit es laut sa'en, süs krejen se dich am Schlafittchen – also haltet um Chottes willen de Muul!"

Bevor Erna am Palmsonntag des Jahres 1918 konfirmiert wurde, ging Wilhelm dann doch wieder den Weg in sein Heimatdorf. Sie hatten einen weiteren „Steckrübenwinter" hinter sich. Auch im letzten Jahr waren viel zu wenig Kartoffeln geerntet worden, Steckrüben sollten sie ersetzen, waren aber streng rationiert. Auch Mehl zum Brot backen gab es kaum, der Brotteig wurde mit Futterrüben gestreckt ...
 Mit einer Kiepe auf dem Rücken kehrte Wilhelm nach Barmen zurück. Heinrich und Karoline hatten für Ernas Konfirmation gegeben, was sie selbst und ihre acht Kinder entbehren konnten.
 Die Kartoffeln, die Wilhelm mitbrachte, waren völlig verschrumpelt und trieben schon Keime. Adele legte sie über Nacht in Wasser, damit sie sich etwas auffrischen, sie schmorte das Huhn und bereitete die Möhren, die Karoline in Sand eingeschlagen über den Winter gebracht hatte, als Gemüse zu. Zwar schmeckten Kartoffeln und

Möhren etwas muffig, aber nach all den Entbehrungen der letzten Zeit war dieses Essen wahrlich ein Festmahl, und nachmittags gab es sogar einen Apfelkuchen und dazu Malzkaffee – von Bohnenkaffee konnte man ja schon lange nur noch träumen ...

Adele bestand allerdings darauf – obwohl es ein Vermögen kosten würde, aber dieses Geld hatte sie lange angespart – Erna nach ihrer Konfirmation zu einem Fotografen zu bringen. Er stellte sie an einem kleinen runden Tisch in Positur, die rechte Hand lose auf die Tischplatte gelegt, in der linken ein weißes Spitzentuch mit dem Gesangbuch darin. Das Foto wurde ein Meisterwerk. Es zeigte ein bildhübsches gertenschlankes Mädchen in einem schlichten, schwarzen knöchellangen Kleid, dessen besondere Attraktion ein seidener Rüschenkragen und Gürtel waren – letzte Überbleibsel der Lindemannschen Seide.
Als Erna das Foto sah, sagte sie fast entrüstet: „Das bin nicht ich! Das kann ich nicht sein!"
Und Adele meinte – liebevoll und stolz zugleich: „Doch, mein Kind, das bist du. Ich denke, es ist an der Zeit, dir einen größeren Spiegel zu kaufen. Aber dass du mir dann nicht hoffärtig wirst!"
Erna versprach es hoch und heilig ...

Am nachhaltigsten blieb den Menschen in den Städten der Hunger in Erinnerung. Von Beginn des Krieges an kämpften auch viele Bauern an den Fronten – und Tausende blieben dort oder kamen als Krüppel zurück. Immer mehr Felder wurden nicht mehr bestellt und die Seeblockade verhinderte jegliche Einfuhr von Lebensmitteln. Als endlich Frieden geschlossen wurde, war Deutschland halb verhungert – und der Winter stand erst bevor.

Zwanzig Gramm Butter und fünfzig Gramm Margarine, hundert Gramm Graupen und einen Kanten Brot, sowie – welch Luxus! – ganze zweihundertfünfzig Gramm Fleisch waren pro Person und Woche auf Lebensmittelkarten zu haben. Manchmal erhielt man beim Lebensmittelamt Zusatzkarten, aber der Gang dorthin war selten erfolgreich, und selbst wenn man die Karten bekam, hieß das noch lange nicht, dass die entsprechenden Lebensmittel auch vorhanden waren.

Wilhelm erwarb einen Schrebergarten und erklärte seiner überraschten Familie: „So baal sim'mer no nit längs de Wupper! Un deswejen setze mer dämnäächs uus Eerpel selver, un Kappes, un dann maache mer Suu'erkrutt un mer blieven jesund."

So hatte er es von Minna gelernt - so gab er es an seine eigenen Kinder weiter ...

In diesem ersten Friedenswinter gab es allerdings - wieder einmal - fast nur Steckrüben. Adele gab sich alle Mühe, wenigstens ein bisschen Abwechslung zu schaffen. Sie kochte nicht immer nur den allgemein bekannten Eintopf - eine Wassersuppe mit Steckrüben und Graupen, sondern bereitete zu den Graupen manchmal die Steckrüben als Gemüse – dabei musste sie nur sehr vorsichtig mit der Butter umgehen. Wenn sie Brot abzweigen und ein Ei auftreiben konnte, panierte sie vorgekochte Steckrübenscheiben und briet sie in der Pfanne. Und obwohl das Fleisch, das ihnen zustand, mitunter kaum genießbar war, ergab es ausgekocht immerhin noch eine Brühe, in der zur Abwechslung mal nur die Graupen schwammen. Am Sonntag konnte die Familie das gekochte Fleisch dann wieder mit den Steckrüben essen. Aber jedesmal musste Wilhelm seine Kinder neu ermahnen, als letzten Bissen ein Stück Fleisch zu nehmen und es lange im Mund zu behalten und gut zu kauen - so hätten sie das Gefühl, viel mehr Fleisch bekommen zu haben als tatsächlich auf ihren Tellern war ...

Sie alle konnten bald keine Graupen und Steckrüben mehr sehen, und sogar Willi-Jung, der eigentlich alles, was auf den Tisch kam, klaglos aß, stocherte immer öfter nur in seinem Essen herum ... - Es zerriss Adele das Herz. Warum waren sie nicht im Dorf geblieben ...

*U*m hin und wieder einmal etwas anderes oder einfach nur ein bisschen mehr zu haben, gab es nur eine Möglichkeit: Hamstern ...

Es fuhren wieder Züge aufs Land, und viele Städter sammelten sich bereits am Abend oder in der Nacht am Bahnhof, um morgens mit dem ersten Zug auf die Dörfer zu fahren. Geld brauchten sie dafür nur selten, denn es wurde ohnehin mit jedem Tag weniger wert. Die Bauern, vor allem die Bäuerinnen, nahmen aber Schmuck, Uhren, Stoffe, Nähgarn und Kleidungsstücke, besonders begehrt waren Mäntel und Seidenstrümpfe, und gaben dafür Kartoffeln, Eier, Speck, Schmalz oder sogar Butter, Äpfel oder Mehl. Oft genug wurden die hungrigen Städter aber auch abgewiesen, beschimpft, verjagt ...
Wilhelm fuhr zum Hamstern natürlich *nach Hause*, dort kannte er die Menschen, er wusste, wie mit ihnen umzugehen war, und da sie ihn ja ohnehin für einen „Städter" hielten, konnte er auch wie ein solcher zum Hamstern zu ihnen kommen. Er bettelte ja nicht und nahm auch nichts geschenkt. Einiges kaufte er, anderes tauschte er ein - Selma hatte noch Kleidung von Christian, die die Leute im Dorf gerne nahmen. Natürlich brachte Wilhelm dann auch für Selma und ihre Tochter Klara Lebensmittel mit. Klara war so blass und unterernährt, dass Selma sich

große Sorgen um sie machte - das Kind brauchte dringend Obst und auch Fleisch ...

Einmal hatte Wilhelm ein Glas Honig und ein großes Stück Schinken ergattert, aber damit kam er nur bis zum Bahnhof. Dort standen die Gendarmen. Den Honig in Wilhelms Jackentasche fanden sie nicht, den Schinken nahmen sie ihm ab – denn Hamstern war per Gesetz verboten. Immer häufiger kam es zu heftigen und auch blutigen Schlägereien zwischen den Gendarmen und den Hamsterern, die ihre bezahlten oder eingetauschten Lebensmittel nicht wieder hergeben wollten.

„Awer dä Schinken is en Jeschenk för mingen Jung van singem Ö'empate." Die Notlüge kam Wilhelm leicht über die Lippen.

Sie beeindruckte den Gendarmen jedoch nicht im geringsten. „Und wenn schon! Mitgegangen, mitgefangen, wird ab heut auch mitgehangen", antwortete er ihm gehässig.

Wilhelm machte künftig nur noch die Hinfahrt im Zug. Den Rückweg nach Barmen ging er, obwohl es ihm immer schwerer wurde, wieder zu Fuß – und um Bahnhöfe machte er einen großen Bogen ...

Sie hatten vieles an Kleidung und Stoffen eingetauscht, und so trennte Erna für Grete ihr Konfirmationskleid auf. „Ich brauche es ja nicht mehr", sagte sie tapfer, „und außerdem habe ich ein Foto davon."

Seit dem letzten Kriegsjahr machte Erna eine Lehre als Damenschneiderin bei einer der ersten Meisterinnen der Stadt, die sich, wie sie selbst gern und oft betonte, ihren Meisterbrief „gegen die Männerwelt erkämpft" hatte. Erna traute sich inzwischen durchaus zu, Grete das Kleid für das einmalige Fest zu nähen. Sie fertigte es nach der neuesten Mode, es war nicht mehr knöchellang, sondern zeigte ein kleines Stück Wade – man schrieb das Jahr 1920. Das Oberteil zierte ein eckiger Kragen, der mit der Seide des Rüschenkragens von Ernas Kleid umfasst war und so ein wenig an einen Matrosenkragen erinnerte. Erna hatte Stunden gebraucht, um die Rüschen vorsichtig glatt zu bügeln und auch noch Seide übrig behalten, um damit Ärmel und Saum des Kleides abzuschließen.

„So haben wir beide etwas von der Arbeit, die unser Onkel hinterlassen hat", meinte Erna zufrieden, während Grete sich drehte, damit ihre Schwester den Saum abstecken konnte.

„Nur gut", entgegnete Grete, „dass die Seide so lange an deinem Kleid fest war, sonst hätte Vater sie bestimmt schon längst gegen etwas zu essen eingetauscht."

Das Kleid war – besonders zu dem gegebenen Anlass – ein kleines Wagnis, aber Grete trug es so unbefangen und selbstverständlich, dass Adele nach der Schneiderin gefragt wurde.
Schon bevor Erna ihre Gesellenprüfung abgelegt hatte, entwarf und fertigte sie Kleider für Damen, die sich – selbst in dieser schweren Zeit – das Neueste leisten konnten.
Sie bestand ihre Gesellenprüfung im praktischen und theoretischen Teil mit *sehr gut* ...

Grete arbeitete nach ihrer Konfirmation als Schreibkraft bei Rechtsanwalt und Notar von Baur. Das Kaiserreich existierte zwar nicht mehr und der Adel hatte seine Privilegien eingebüßt, aber Ansehen und Respekt genoss er bei vielen Bürgern trotzdem noch.
Grete galt bald als freundliche und zuverlässige Arbeitskraft, die eigenständig und gewissenhaft ihre Aufgaben erledigte. Als von Baur sie bei einer Geschäftsübergabe, die er als Notar betreute, zum Stenographieren mitnahm, lernte Grete den Schreinergesellen Rudi kennen – und war sich sehr bald sicher, das sie mit ihm – und nur mit ihm – ihr weiteres Leben verbringen wollte. Da allerdings tauchte eine Schwierigkeit auf, die Grete nie für möglich gehalten hätte. Denn Rudi entstammte einer Hugenottenfamilie, die vor langer Zeit wegen ihres Glaubens aus

Frankreich hatte fliehen müssen, obwohl sie dort, wie sein Vater nicht ohne Stolz sagte, sogar zum niederen Adel gehört hatte. „Aber jetzt sind wir schon lange Deutsche", fügte er hinzu, „und darum haben wir irgendwann auch den Namen ins Deutsche übersetzt – selbstverständlich ohne das *Von* – und im Krieg habe ich sogar gegen meine früheren Landsleute gekämpft."

Von Frankreich wusste Grete nicht viel, aber in Kriegen war *der Franzose* immer „der Feind" gewesen. Seit dem letzten Krieg hielt er noch das Rheinland besetzt, und aus dem Ruhrgebiet war er gerade erst abgezogen. Es hieß, er sollte dort sogar Schwarze aus den Kolonien unter seinen Soldaten gehabt haben, die Gewehre trugen und den Weißen Befehle geben durften – eine „Schmach" wurde das überall genannt. Grete selbst hatte nie einen Schwarzen zu Gesicht bekommen und wusste nicht so recht, was von dem Gerede sie glauben sollte und was nicht.

Mehr Sorge als Rudis französische Herkunft machte ihr die Tatsache, dass Rudi der reformierten Kirche angehörte, sie selbst dagegen der lutherischen. Das mochte anderswo kein Problem sein – in Barmen war es eins …

Und sogar Wilhelm war empört. „Du kanns doch keenen Angerschjlöwijen hierooden. Dat is 'ne Mischehe – un su chet cheht nit."

„Rudi ist evangelisch", antwortete Grete trotzig.

„Aber angersch wie mir", beharrte Wilhelm.

Grete stampfte mit dem Fuß auf und rannte ohne ein weiteres Wort aus dem Haus.

Adele sah ihren Mann lange an. Schließlich fragte sie: „Was hat dein Vater damals eigentlich gesagt, als du mich heiraten wolltest?"

Wilhelm schwieg.

„War meine Familie nicht sogar *chanz angersch*?", imitierte Adele Wilhelms Platt. „Und was hast du getan?"

„Ech han op dich jewaart, bis ..." - Im selben Moment wusste Wilhelm, was kommen würde ...

Und Adele ersparte es ihm nicht. „Möchtest du bei Gretes Hochzeit nicht doch noch dabei sein?"

Grete erfuhr nie, wie ihre Mutter es erreicht hatte, dass ihr Vater schließlich doch seinen Segen zu ihrer Hochzeit gab ...

Rudis Vater sah die unterschiedlichen Glaubensrichtungen nicht als Hindernis für eine Ehe an, hatte er selbst doch sogar eine Dissidentin geheiratet, die gar keiner Kirche angehörte. Rudis Patentante Hannah jedoch, die Schwester seines Vaters, war von der lutherischen Grete nur wenig begeistert und ließ keine Gelegenheit aus darauf hinzuweisen, wie der Reformator Calvin im Gegensatz zu Luther den Glauben lehrte.

„Eigentlich dürfte Rudi Sie gar nicht heiraten, Fräulein Grete", meinte sie kühl. „Er sollte besser eine Frau seines Glaubens nehmen."

Wenigstens sagte sie nicht „des *rechten* Glaubens", ging Grete durch den Kopf. Sie nahm all ihren Mut zusammen und antwortete Tante Hannah: „Und vielleicht sollten wir uns darauf besinnen, was uns verbindet, statt immer nur herauszustellen, was uns trennt."
 Tante Hannah sah lange nachdenklich vor sich hin – dann nickte sie fast unmerklich und sagte: „Diese Einstellung ist zwar sehr modern, aber möglicherweise gar nicht so falsch. Schließlich leben wir ja schon seit einiger Zeit im zwanzigsten Jahrhundert - und irgendwann sollte man wohl wirklich aufhören, Glaubenskriege zu führen."

Grete und Rudi jubelten - sie waren sicher, es geschafft zu haben. Doch dann war weder der lutherische noch der reformierte Pfarrer bereit sie zu trauen – zu groß seien die Unterschiede in den Lehren der beiden Reformatoren, in den Formen des Gottesdienstes und erst recht in den Anforderungen an das Alltagsleben eines Ehepaares.
 „Das ist doch Haarspalterei!", brauste Rudi auf und drohte an, es bei einer Ziviltrauung zu belassen.
 „Unsere Kirche lehrt dazu ...", begann der Pfarrer erneut, aber Rudi verlor die Geduld: „Ich will kein neues Ronsdorf gründen. Ich will nur heiraten!"

Der Pfarrer lächelte gequält. „Dann müsste Ihre Braut konvertieren."

Der hinreichend bibelfesten Grete entfuhr: „Eher geht ein Kamel durchs Nadelöhr!"

Zuerst war Herr von Baur ärgerlich. Seine sonst so sorgfältig arbeitende Angestellte wirkte neuerdings oft unkonzentriert, schien manchmal mit den Gedanken ganz woanders zu sein. Immer wieder schlichen sich Fehler in die Schriftstücke ein, und Grete musste die Dokumente jedes Mal völlig neu schreiben.

Schließlich begann er sich Sorgen zu machen. War Grete vielleicht krank? Gab es etwas in der Familie, was sie bedrückte? Als wieder einmal die Papiere von Fehlern nur so wimmelten, sprach er sie an.

Grete druckste herum, wollte mit der Wahrheit nicht heraus. „Jetzt zieren Sie sich nicht so!", bellte von Baur. „Sagen Sie endlich, was mit Ihnen los ist!"

Als sie einmal begonnen hatte, ging alles ganz leicht. „Und darum können Rudi und ich nicht heiraten", schloss sie – und hätte dabei fast mit dem Fuß aufgestampft.

Herr von Baur brach in schallendes Gelächter aus. „Ein dreifaches Hoch auf die Rechtgläubigkeit!", brachte er mühsam hervor.

Grete war völlig perplex und sah ihren Arbeitgeber nur mit großen Augen an. Sie hörte kaum von Baurs Frage: „Gestatten Sie mir, das für Sie beide zu regeln?"

Eine Woche später nahm Herr von Baur Grete beiseite und sagte: „Gehen Sie mit Rudi zu Ihrem Pfarrer. Ich habe ihn überzeugen können und er wird Sie trauen."

Grete sah ihn verblüfft an. „Aber ...", stammelte sie, „wie haben ... Sie das ... erreicht?"

„Ich habe schlicht meine gesellschaftliche Stellung und das *Von* vor meinem Namen ein ... ganz kleines bisschen ... ausgenutzt." Von Baur lächelte verschmitzt, zwinkerte Grete zu und verschwand in seinem Arbeitszimmer ...

Erst seit wenigen Jahren trugen Bräute bei ihrer Hochzeit ein weißes Kleid. Erna fertigte für Grete ihr Meisterstück ...

Am selben Tag, an dem Willi-Jung dreizehn Jahre alt wurde, kam Margot zur Welt. Sie sollte Wilhelms und Adeles einziges Enkelkind bleiben.

Zwei Jahre später wurde Willi – entgegen der Voraussage des Dorfpfarrers – konfirmiert.

Er hatte nur vier Jahre die Volksschule besucht, etwas lesen und schreiben gelernt, aber sein Wortschatz blieb der eines Sechsjährigen. Immer wieder war er gehänselt worden und weinend aus der Schule nach Hause gekommen – Kinder konnten ja so grausam sein! Adele hatte sich bei dem Lehrer beschwert, auch er hatte ihr – wie vor Jahren der Dorfpfarrer – nur geraten, Willi in eine Anstalt zu geben. Schließlich hatte Adele den Jungen nicht mehr in die Schule geschickt – und niemand hatte sie je aufgefordert, es doch zu tun.

Wenn sie in ihrer Laube im Schrebergarten waren, versuchte Adele immer, Willi mit kleinen Steinen einfache Rechenaufgaben zu stellen. Willi konnte durchaus von fünf Steinen zwei wegnehmen und wusste dann, dass er nur noch drei Steine hatte – die konnte er zählen. Schrieb er jedoch 5 – 2 auf ein Papier, saß er ratlos davor und kam zu keinem Ergebnis. Adele quälte ihn dann nicht weiter, sondern ließ ihn spielen, was er wollte und dabei die Sonne und die frische Luft genießen.

Willi war freundlich, gutherzig und immer hilfsbereit. Niemand in der Familie hatte ihn jemals schwachsinnig genannt, keiner ihn irgendwann einmal einen Dummkopf gescholten. Erna, die auch Willi nur „Nenna" nannte, und Grete waren – auch wenn sie aus der Schule oder müde von der Arbeit nach Hause kamen – immer zu einem Spiel mit ihm bereit. Sein Lachen war so unbeschwert, seine Freude so sorglos, dass er die ganze Familie damit ansteckte. Wilhelm und Adele liebten ihn einfach so, wie er war – und er gab diese Liebe hundertfach zurück.

Als er älter wurde, trug Adele ihm mehr und mehr kleine Aufgaben auf. Er schälte die Kartoffeln, trocknete das Geschirr ab, kehrte abends die Küche aus, wischte im Wohnzimmer Staub, grub im Schrebergarten die Beete um. Als Adele einmal in Wilhelms Abwesenheit die Kohlen aus dem Keller holen musste, kam Willi ihr eilig auf der Treppe entgegen, nahm ihr den Eimer ab und sagte vorwurfsvoll: „Mütterlein, du sollst dich doch nicht so plagen! Wofür hast du denn mich?"

Um Willi die Konfirmation zu ermöglichen, griff Adele zu einer List. Da sie durch Ernas und Gretes Konfirmandenunterricht noch ungefähr wusste, was zu lernen war, sagte sie Willi bei ihren gemeinsamen Tätigkeiten immer wieder einmal den einen oder anderen Bibelvers auf und sang ihm die bekannten Lieder vor. Willi plapperte die Worte aus dem Gedächtnis nach, sang die Lieder schließlich mit, lernte das Vaterunser und sogar das Glaubensbekenntnis. Auch erzählte Adele ihm die geläufigsten Geschichten aus dem Alten und Neuen Testament, und hier merkte sie, dass Willi keineswegs nur auswendig lernte und „nachbetete", sondern dass er wirklich verstand und Anteil nahm.

Mucksmäuschenstill lauschte Willi all den Geschichten, die von Kindern handelten – von Isaak, den Gott im letzten Augenblick verschonte, dem kleinen Moses, der in einem Körbchen ausgesetzt und doch ein mächtiger Mann wurde, von dem Jesuskind in der Krippe, dem Töchterchen des Jairus ... Geradezu begeistert war er über die Geschichte, in der die Jünger die Kinder fortschicken wollten, Jesus aber sagte: „Lasset die Kindlein zu mir kommen ..."

Als der Pfarrer eben diese Geschichte im Unterricht wiederholte, brach es aus Willi heraus: „Ich möchte auch so, so gern zum Herrn Jesus kommen."

Die anderen Kinder glucksten hinter vorgehaltenen Händen, und Willi kroch sofort in sich zusammen. Wieder wurde er ausgelacht ...

Der Pfarrer aber war von seiner Offenheit und Ehrlichkeit so ergriffen, dass er laut erwiderte: „Das wirst du, mein Junge, ganz bestimmt. Wenn nicht du, wer dann?" – Und das Gekicher der anderen Kinder verstummte ...

Willis Konfirmationsspruch lautete: *„Lasset die Kindlein zu mir kommen und wehret ihnen nicht, denn solcher ist das Reich Gottes."*

Wilhelm las den Bibelvers, und eine dunkle Ahnung stieg in ihm auf – die Erinnerung an Minna, an den Fluch, der sie in der verworrenen Welt ihrer Gedanken verfolgt hatte ...

Wilhelm nahm das Papier mit dem Spruch und wollte es verbrennen, aber Adele hinderte ihn im letzten Moment daran. Am nächsten Tag ließ sie Rudi einen Rahmen anfertigen und hängte den Spruch über Willis Bett ...

Als Willi an einem kalten Tag im Januar mit seinem Vater zum Schrebergarten ging, um für Adele Grünkohl zu holen, der jetzt endlich den nötigen Frost abbekommen hatte, um genießbar zu werden, verletzte er sich am Draht des Gartenzauns. Es war nur ein kleiner Kratzer auf dem Handrücken, Willi leckte das Blut ab und meinte tapfer: „Tut überhaupt nicht weh - ist bestimmt bald wieder heil."

Wilhelm sah mit einiger Besorgnis den rostigen Draht an, den er im kommenden Frühjahr unbedingt erneuern musste, und sagte am Abend zu Adele: „Du solltes mit däm Jung zem Arzt chohn."

Aber Adele meinte: „So schlimm wird's wohl nicht werden."

„Weeß man et?", antwortete Wilhelm dumpf.

Am nächsten Morgen war Willis Hand dick aufgequollen. Willi wimmerte vor Schmerzen.

Der eilig ins Haus gerufene Arzt reinigte und verband die Wunde, aber in der Nacht bekam Willi Fieber, riss halb bewusstlos den Verband von der Hand herunter und kratzte an der Wunde. Entsetzt sah Adele nun den roten Streifen an der Innenseite des Arms, der in Richtung Achselhöhle lief …

„Jetzt kann ich leider nichts mehr für den Jungen tun", sagte der Arzt.

Wilhelm und Adele wussten nur zu gut, was es bedeutete …

Willi schien zu schlafen. Alle waren in dieser Nacht bei ihm …

Gegen fünf Uhr am Morgen öffnete er noch einmal die Augen. Lange sah er seinen Vater an. Dann wanderte sein Blick zu Adele, leise und zärtlich nannte er sie noch einmal „Mütterlein" und legte dabei seine gesunde Hand in die ihre. Er lächelte Nenna und Grete zu.

Dann irrte sein Blick ins Leere, kaum hörbar kam von seinen Lippen: „Jesus, meine Zuversicht" – und er schloss die Augen für immer.

Willi war siebzehneinhalb Jahre alt geworden …

Sie begruben ihn auf dem Norrenberger Friedhof in Barmen, das seit zwei Jahren Teil einer neuen Großstadt war, die jetzt Wuppertal hieß. In der Rübenstraße saß Wilhelm nun fast den ganzen Tag am Küchenfenster der Wohnung und sah zu diesem Friedhof hinüber. Willis Grab besuchte er nie - und nie wieder ging er in den Schrebergarten ...

Ein Jahr später fand er seine letzte Ruhe neben seinem Sohn – in fremder Erde, die ihm keine Heimat geworden war ...